BARBARA

Junie B. en primer grado
hace trampas

ilustrado por Denise Brunkus

SCHOLASTIC INC.
New York Toronto London Auckland Sydney
Mexico City New Delhi Hong Kong Buenos Aires

Originally published in English as *Junie B., First Grader: Cheater Pants*
Translated by Aurora Hernandez.

ISBN 0-439-75695-2

12 11 10 9 8 7 6 5 4   16 17 18 19 20/0

Printed in the U.S.A.   40
First Spanish printing, October 2005

Contenido

1

■ ■ ■ ■ ■ ■ ■ ■ ■ ■ ■

May, la niña 10+

Lunes

Querido diario de primer grado:

Ayer fue fin de semana. El fin de semana es el apodo del sábado y el domingo. Solo que no sé por qué se llama así.

Esos dos días pasaron volando. Y por eso no tuve tiempo de ~~haser~~ hacer mis tareas. Porque ¿acaso soy una máquina o algo así?

Anoche pedí y supliqué que me

1

dejaran ir a dormir más tarde para
poder hacer las tareas, pero papá
dijo que no. Y me apagó la luz.

Eso no ayudó mucho.

Ahora estoy en la escuela. Y el Sr.
Susto acaba de decir que saquemos
la tarea.

Me duele la barriga.

Espero que papá esté orgulloso
de lo que ha hecho.

De,

Junie B. de primer grado

May sacó su tarea de la mochila. Y la
puso encima del escritorio.

Alisó su papel y sonrió.

—Estoy segura de que voy a sacar
otro 10. Saco *dieces* en todas mis tareas,

Junie Jones —dijo—. Una vez, mi tarea estaba tan perfecta, que el Sr. Susto le mandó una nota de felicitaciones a mi mamá y a mi papá.

—Bla, bla, bla —contesté.

May puso mala cara.

Entonces le dio unos golpecitos a Lennie en la cabeza.

—Lennie, ¿oíste lo que le acabo de decir a Junie Jones? —dijo—. Le conté que siempre saco *dieces* en mi tarea.

Lennie se dio la vuelta.

—Por favor, May, no me toques el cabello —dijo—. Acabo de ponerme un fijador nuevo para que se mantenga en punta. Y no quiero que me lo arruines.

Yo saludé a Lennie con la mano desde mi sitio.

—Yo nunca jamás te tocaría el cabello, Leonard —dije—. Tu cabello es casi como una obra de arte. Creo. Y el arte hay que admirarlo, no tocarlo.

Lennie asintió.

—Gracias, Junie B. Jones.

—De nada, Lennie con-el-apellido-que-empieza-con-S. Creo —dije.

Después de eso, miré a May y sonreí.

Yo le caigo mejor a Lennie que May.

May me miró con los ojos chiquitos.

—¿Por qué no has sacado todavía tu tarea, Junie Jones? —preguntó—. Hoy no estás muy obediente, ¿verdad?

Yo resoplé.

Entonces, agarré superrápido mi mochila. Y saqué un trozo de papel arrugado. *Y hice* como que era mi tarea.

—Aquí está —dije—. Aquí está mi tarea. Ahora, por favor, ocúpate de tus propios asuntos, entrometida.

La cara de May se puso roja.

Empezó a levantar la mano para chismear, pero justo en ese momento el maestro dijo su nombre.

—¿May? Hoy te toca llevar la hoja de asistencia a la oficina —dijo—. ¿Te importaría venir aquí a recogerla?

—¡Me encantaría, Sr. Susto! —dijo.

La hoja de asistencia es cuando los maestros mandan a la oficina la lista de los chicos que no están.

Yo no estoy de acuerdo con eso.

May fue corriendo a la parte de delante del salón de clases.

—Yo nunca falto, Sr. Susto —dijo—. Yo siempre estoy aquí. ¿Lo ha notado? ¿Ha notado que siempre estoy aquí?

El Sr. Susto cerró los ojos durante un segundo.

—Sí, May —dijo—. Te aseguro que lo he notado.

May soltó una risita.

—Y además siempre soy puntual —dijo—. ¿Ha notado eso también?

Sonrió a toda la clase.

—Atención todos, puntual quiere decir 'a tiempo' —explicó—. El año pasado fui tan puntual que me dieron el premio a la puntualidad. El premio a la puntualidad se le da a la niña o el niño que es más puntual.

El Sr. Susto se quedó mirándola fijamente y le dijo que dejara de decir "puntual".

Después de eso, May tomó la hoja de asistencia y salió por la puerta dando saltitos.

—No se preocupen, chicos del Salón

Uno. Esta hoja de asistencia llegará a la oficina sana y salva —dijo en voz muy alta—. Y si hay alguien que no está aquí, el director lo sabrá. Y eso es exactamente lo que se merecen.

El Sr. Susto suspiró.

—Por favor, May. Ve ya —dijo.

May saludó con la mano. Y salió corriendo.

Cuando se fue, eché un vistazo a todo el salón de clases. Todos los chicos habían sacado sus tareas, menos yo.

Me volví a sentir mal de la barriga. Porque muy pronto, el Sr. Susto descubriría que yo no había hecho mi tarea.

Tragué saliva con fuerza.

Seguí mirando por todo el salón de clases.

Y de pronto ¿sabes qué? Que

mis ojos se detuvieron en el escritorio de May.

¡Y qué sorpresa!

¡Vi que el papel con su tarea seguía allí!

¡O sea, que estaba a la vista de todos!

Mi corazón empezó a latir muy rápido al ver aquello. Porque en mi cerebro empezaba a crecer una idea.

Me toqué la barbilla muy *piensadora*.

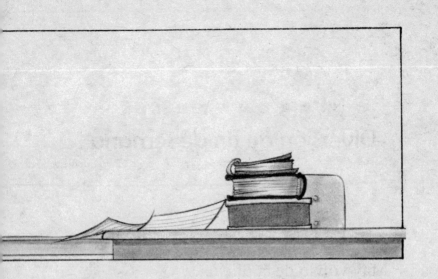

Entonces, en silencio, como un ratón,
acerqué un poquito más el papel de May.
Y copié todo lo que decía.

Cuando terminé, respiré aliviada.

¡Porque ahora ya tenía la tarea
hecha!

Sonreí solo para mí.

Luego cerré los ojos.

Y susurré unas gracias a May por
prestarme su tarea.

2

■ ■ ■ ■ ■ ■ ■ ■ ■ ■

Diversión de fin de semana

May volvió de la oficina.

Se quedó parada junto a la puerta y volvió a saludar con la mano.

—¡Chicos, lo conseguí! Llevé la hoja de asistencia a la oficina, como había prometido.

Miró al Sr. Susto.

—Todo salió bien —dijo—. No tuve ningún problema que no pudiera solucionar.

El Sr. Susto levantó la vista de lo que estaba haciendo.

—Muy bien, este... gracias, May. Puedes volver a sentarte, por favor —dijo.

Pero May siguió hablando.

—Al principio, no sabía dónde ponerla. Entonces la secretaria me dijo que la pusiera en el canasto de alambre. Entonces hice lo que me dijo perfectamente —dijo.

El Sr. Susto señaló su asiento.

—Excelente —dijo—. Ahora, por favor, siéntate, ¿quieres?

May siguió sin prestar atención.

—Cuando estaba en kindergarten, me pusieron una E+ en obediencia —dijo—. E+ es más que excelente. El signo de suma quiere decir extra, extra excelente.

El Sr. Susto se puso de pie. Tomó a May de la mano y la llevó a su asiento.

En cuanto el Sr. Susto regresó a su escritorio, me estrujé el cerebro para decirle algo amable a May. Porque seguía contenta con ella por haber dejado su tarea a la vista.

Al final, le di un golpecito en el brazo. Y sonreí.

—Bienvenida de vuelta, señorita —dije muy amable.

May me frunció el ceño.

—¿Qué tontería es esa? —dijo.

Yo solo la miré.

Creo que eso de ser amables entre nosotras no nos sale muy natural.

Poco después, el Sr. Susto se puso de pie. Se acercó al pizarrón y escribió estas palabras:

Lo que hice este fin de semana para divertirme fue...

—Muy bien, niños —dijo—. La tarea que les di para el fin de semana era completar esta frase, ¿recuerdan?

Todos los del Salón Uno asintieron.

—Bien —dijo el Sr. Susto—. Porque esta mañana quiero que cada uno lea lo que ha escrito. Así sabremos qué hacen los demás para divertirse. ¿No les parece fabuloso?

Todos los del Salón Uno volvieron a

asentir. Aunque no nos parezca fabuloso, tenemos que asentir.

El Sr. Susto sonrió.

—Iremos de arriba abajo por todas las filas para que a todos les llegue su turno.

Señaló a Lucille.

—Lucille, ¿por qué no empiezas tú? —dijo.

Lucille se sienta en la primera fila cerca de la ventana. El año pasado, yo y ella éramos *supermejores* amigas, pero este año somos amigas normales.

Lucille se puso de pie y esponjó su vestido. Agarró el papel y empezó a leer.

—Lo que hice este fin de semana para divertirme fue... ir con mi nana rica a su salón de belleza carísimo. Y las dos nos hicimos manicuras y pedicuras.

El Sr. Susto pareció sorprendido con la noticia.

—Lucille, ¿te hiciste la pedicura? ¡Guau! ¡Eso es un verdadero lujo! ¿No? —dijo.

Lucille se encogió de hombros.

—Quizás para ciertas personas —dijo.

Bajó la mirada y siguió leyendo.

—También nos hicimos una limpieza de cutis con papaya. Y a nana la envolvieron en hierbas. Y además me dieron un masaje de algas en el cuero cabelludo.

El Sr. Susto se quedó parado un minuto. Luego asintió muy despacio.

—Muy bien —dijo.

Después de eso, señaló a Camille.

Camille es la hermana de Chenille. Esas dos son gemelas.

Camille se puso de pie.

—Este fin de semana, Chenille y yo hicimos un teatro de títeres con una caja de cartón. Luego hicimos una obra de teatro para nuestro hermanito, Neil.

El Sr. Susto se puso muy contento.

—Eso es fantástico, chicas —dijo—. Seguro que hacer una obra de teatro de títeres para su hermano fue divertidísimo, ¿no?

—Pues no mucho —dijo Camille—. Neil nos quitaba los títeres de las manos. Y hacía que se mataran entre ellos.

—Neil no nos cae bien —dijo Chenille.

—Neil es un tonto —dijo Camille.

El Sr. Susto se quedó callado un ratito más.

Por fin, se dirigió a Roger.

Roger fue el mejor hasta ese momento.

—Este fin de semana fui a comer pizza con mi papá. ¡Y me comí una anchoa entera! ¡Y no vomité hasta poco antes de llegar a la casa!

El Salón Uno aplaudió y aplaudió con esa historia tan increíble.

El Sr. Susto tenía razón.

Era divertido saber lo que habían hecho nuestros compañeros durante el fin de semana.

Yo no veía la hora de que me tocara a mí. Porque me encanta hablar delante de la clase, claro. Además, todo lo que tenía que hacer era hablar de mi fin de semana, ¡y el Sr. Susto pensaría que había hecho la tarea!

Guardé en mi escritorio el papel que había copiado de May.

Después de todo no lo iba a necesitar.

¿Quién lo hubiera creído?

¡Hoy era mi día de suerte!

3
■ ■ ■ ■ ■ ■ ■ ■ ■ ■
Tartamuda

Por fin llegamos a la fila que estaba cerca de la mía.

Ahí se sientan Pierre y Lennie.

Cuando le llegó el turno a Pierre, sonrió orgulloso.

Dijo que el sábado su papá le había comprado unos zapatos nuevos de fútbol. Y se los puso para su partido de fútbol. ¡Y marcó el gol ganador!

Lennie fue el siguiente.

Dijo que se compró un fijador nuevo y una crema fortificante.

—La crema fortificante puede hacer que hasta los pelos más finos parezcan gruesos y tengan volumen —dijo.

—Guau —dije.

—Guau —dijeron Herb y Pierre.

Guau es lo que decimos cuando nos gusta lo que alguien dice.

May se sienta detrás de Lennie.

Se levantó. Y leyó su papel en voz muy alta.

—Este fin de semana lo que hice para divertirme fue... hacer un jarrón en mi clase de cerámica el sábado. Y después de eso, llegué puntual a mi clase de ballet. ¡Y la profesora dijo que bailaba como una gacela!

El Sr. Susto sonrió.

—Una gacela es un animal muy elegante, ¿verdad? —dijo.

—Sí —dijo May—. ¿Le gustaría que hiciera unos pasos?

Entonces se fue corriendo a la parte de delante de la clase. Y empezó a hacer ballet, pero el Sr. Susto le dijo que por favor se volviera a sentar.

En cuanto volvió, yo salté de mi silla.

—¡Me toca! ¡Me toca! —grité.

Me toqué la barbilla.

—Muy bien, vamos a ver... el sábado, mi abuelo Frank Miller vino a cuidarme. Y me dejó patinar por la casa. Y además, me dejó saltar en la cama blandita de mamá. Solo que me cansé enseguida. Y entonces corrí a la cocina. Y bebí leche con chocolate directamente de la botella. ¡O sea, que ni siquiera usé un vaso!

—¡Guau! —dijo Herb.

—¡Guau! —dijeron Lennie y Pierre.

El Sr. Susto levantó la mano para interrumpirme.

—Este... perdona, Junie B. —dijo—. Parece que el sábado lo pasaste fenomenal, pero me pregunto por qué no lees lo que escribiste en tu tarea.

Justo entonces, mi corazón empezó a saltar y a ponerse nervioso. Porque tenía que haber pensado en ese detalle.

Tragué saliva con fuerza.

—Este... yo... vamos a ver... —dije un poco bajito—. ¿Que por qué no lo leo?

El Sr. Susto sonrió.

—Está bien —dijo—. Puedes empezar desde el principio. Saca el papel y lee lo que escribiste.

Después de eso, me quedé allí congelada. Y no me podía mover.

El Sr. Susto se cruzó de brazos.

—Has hecho tu tarea ¿verdad, Junie B.? —preguntó.

Me quedé allí de pie un poco más.

Entonces, al final, saqué de mi escritorio el papel que había copiado de May.

Lo moví en el aire con muy pocas ganas.

—Aquí está —dije—. Aquí está mi tarea. ¿La ve? Está aquí.

El Sr. Susto asintió.

—Sí. Muy bien. Ahora, ¿te importaría leerla, por favor? —dijo.

Respiré profundamente.

Miré mi papel.

Y lo leí en voz baja, solo para mí.

—Muy bien. Ya está —dije.

Después de eso, me senté muy rápido. Y volví a meter el papel en mi escritorio.

El Sr. Susto vino hasta mi sitio.

Me preguntó si, por favor, podía ver el papel.

Me sentí muy nerviosa y enferma por dentro.

Muy despacio, volví a sacar el papel. Y se lo di.

Cuando lo leyó, movió la cabeza.

Entonces me tomó de la mano y me llevó al pasillo.

—Parece que May y tú tuvieron un fin de semana muy parecido. ¿Verdad, Junie B.? —dijo.

Tragué saliva.

—Sí —dije—. Eso parece.

El Sr. Susto volvió a leer mi papel.

—Así que... tú también vas a clases de cerámica, ¿verdad? —dijo.

Me moví adelante y atrás.

—Este... sí —dije—. Voy a clases

de cerámica. Y hago... este... ya sabe... jarrones.

El Sr. Susto respiró profundamente.

—Y vamos a ver, también vas a clases de ballet, ¿no? —dijo—. Y fíjate qué coincidencia, el sábado, tu profesora te dijo que bailabas como una...

—Graciela —dije muy rápido.

—Gacela —dijo el Sr. Susto.

—Lo que sea —dije.

El Sr. Susto se chupó los cachetes y volvió a mirar el papel.

—Además, tú también eres puntual —dijo—. Es increíble, ¿no?

Lo miré.

—Bueno, no sé... si uno se alista... —dije muy bajito.

El Sr. Susto se agachó hasta mí. Su cara no estaba muy contenta.

—Junie B. Jones, ¿tienes idea de lo

decepcionado que estoy de ti en este momento?

Justo entonces me salieron lágrimas de los ojos. Y ni siquiera lo esperaba.

Bajé la cabeza muy rápido para que no las viera.

—Lo siento —dije—. Siento que esté decepcionado.

El Sr. Susto suspiró y dijo que volveríamos a hablar a la hora del recreo.

Entonces sacó un pañuelito de su bolsillo y me lo dio. Y me sequé las lágrimas.

Después de eso, volvimos al salón de clases.

Y me senté en mi sitio muy triste.

Porque ¿sabes qué?

Que después de todo no era mi día de suerte.

4

Tramposa

El lunes tonto, todavía

Querido diario de primer grado:

Ahora estamos en el recreo.

Pero no estoy jugando en el patio.

Estoy sentada en mi escritorio
esperando a que me griten.

Ojalá pudiera ~~desapdreser~~ desaparecer
en el aire. Si pudiera desaparecer,
saldría corriendo. Y ~~vuscaría~~ buscaría a May.

Y le daría un golpe en su cabezota.

Ojalá no me tuviera que sentar

junto a esa chica. Porque la gente
nunca debería dejar su tarea encima
de la mesa para que otros la tomen
prestada.

Eso es ganas de buscar problemas,
señorita.

De,

Junie B. de primer grado

El Sr. Susto estaba en su escritorio.

Levantó la vista y dijo:

—Junie B., ¿podrías traer tu silla,
por favor?

Mi barriga se retorcía. Porque ahora
era cuando me iba a gritar. Creo.

Respiré varias veces.

Luego llevé mi silla hasta la parte de
delante del salón de clases. Y me senté
cerca de él.

El Sr. Susto sacó mi tarea de su gaveta. Y la puso delante de mí, muy serio.

—Quiero que me expliques, Junie B. —dijo—. Quiero que me digas exactamente por qué copiaste la tarea de May esta mañana.

Intenté tragar, pero no pude.

—Este... pues... lo hice porque...

Me toqué la barbilla.

Y de repente... ¡se me ocurrió!

—¡Mi papá! —dije—. ¡Es culpa de mi papá!

Mi maestro me miró sorprendido al oír mi respuesta.

—¿Tu papá? —dijo—. ¿Tu papá te dijo que copiaras la tarea de May?

—Sí —dije—. Bueno, no. Lo que pasa es que yo quería quedarme levantada hasta tarde para hacer mi tarea, pero mi papá me apagó la luz. Y esa es la razón por la que no la hice.

—Ahhhhh... ya veo —dijo mi maestro—. Tu papá no dejó que estuvieras despierta hasta tarde. Así que por eso copiaste la tarea de May.

Yo asentí muy rápido.

—Sí —dije—. Exactamente así.

El Sr. Susto levantó las cejas.

—¿Entonces May te dio su papel para que lo copiaras? —dijo después.

Yo puse mis ojos en blanco al oír una pregunta tan tonta.

—No, tonto. May nunca sería tan amable —dije—. Lo que pasa es que por la mañana ella no paraba de presumir de que siempre sacaba *dieces* en sus tareas. Y entonces, cuando fue a la oficina, dejó su tarea justo encima de su escritorio. Y eso es ganas de buscar problemas, señor.

El Sr. Susto se recostó en su silla.

—Ah —dijo—. Así que cuando May fue a la oficina, tú viste el papel y decidiste...

—Que me lo estaba prestando para copiarlo —dije.

Mi maestro frunció el ceño.

—¿Prestar? —dijo—. No, Junie B., lo siento, pero la palabra correcta para esta situación no es "prestar". Cuando copias la tarea de alguien, estás haciendo trampa.

Yo abrí muchísimo los ojos al oír aquella palabra. ¿Pero de qué estaba hablando?

—No, Sr. Susto. Ni hablar. Yo no hice trampas —dije—. Hacer trampas es cuando robas las respuestas de alguien en un examen, pero la tarea no es un examen. La tarea casi no cuenta.

—La tarea sí cuenta, Junie B. —contestó—. Hacer trampas no es solo robar las respuestas en un examen. Hacer trampas es utilizar el trabajo de otra persona y presentarlo como si lo hubieras hecho tú.

Me miró.

—Cuando hiciste trampa esta mañana, perdí la confianza en ti —dijo—. En el Salón Uno tenemos una norma. Tenemos que mantener los ojos en nuestros trabajos. Seguro que me has oído decir eso miles de veces.

Me quedé sorprendida al oír esa información.

—¿Eso es una norma? —dije—. ¿De verdad? Siempre pensé que era... bueno, ya sabe... una sugerencia.

El Sr. Susto movió la cabeza.

—No, Junie B. No es una sugerencia. Es una norma —dijo—. Y una norma muy importante.

Di golpecitos en la mesa con los dedos.

—¡Caramba! —dije.

Después de un rato, suspiré.

—Lo siento —dije muy bajito.

El Sr. Susto sonrió un poquito.

—Yo también lo siento, Junie B. —dijo—, pero por lo menos ahora creo que nos entendemos mejor. No acepto tramposos en mi clase.

Al oír eso me estremecí.

—Ya, solo que ojalá no siguiera diciendo la palabra tramposo —dije—. Porque yo casi ni sabía que estaba haciendo trampas. Y además, a mí tampoco me gustan los tramposos, Sr. Susto. Porque la semana pasada, mi papá me hizo trampas jugando a las cartas. Y todavía no me olvido de esa experiencia tan horrible.

El Sr. Susto arrugó las cejas.

—¿Tu papá hizo trampas? —dijo.

Yo suspiré.

—Sí —dije—. Porque papá no quiso agarrar la carta mala que yo le daba. Y entonces me tuve que quedar yo con esa carta. ¿Y qué truco es ese?

El Sr. Susto se tapó la boca.

Creo que estaba impresionado.

Me acerqué más a él.

—Y papá no es el único tramposo de mi familia —dije en voz baja—. Porque mi abuelo Frank Miller se supone que está a dieta, pero ayer mi abuela encontró un plato en su armario. Y solo quedaban unas migas y un tenedor.

Pensé durante un segundo.

—No me extraña que yo hiciera trampas —dije—. Por lo visto, eso de hacer trampas lo llevo en la sangre.

El Sr. Susto soltó una risita.

—Bueno, nadie es perfecto —dijo—. Creo que casi todo el mundo ha hecho alguna vez trampas con las dietas, pero hacer trampas en la escuela es muy distinto, Junie B. Hacer trampas en la escuela es un asunto muy serio. ¿Está claro ahora?

Asentí muy rápido.

—Clarísimo —dije.

Después de eso nos dimos la mano. Y el Sr. Susto llevó la silla hasta mi escritorio.

Cuando me senté, sacó un sobre de su bolsillo. Y me lo dio.

—Les he escrito una nota a tus padres explicándoles lo que ha pasado esta mañana —dijo—. Me gustaría que la leyeran y la firmaran. ¿Está bien? Me la puedes devolver mañana.

Me quedé sin respiración al ver la cosa esa.

—No, Sr. Susto, no está bien —dije—. Por favor, no me haga llevar esa nota a casa. Por favor, de verdad no quiero llevarla.

El Sr. Susto pensó durante un rato. Luego volvió a agarrar la nota.

—Bueno, está bien —dijo—. Si te molesta tanto, no te obligaré a llevarla.

Se fue hacia su escritorio.

—Los llamaré esta noche por teléfono —dijo.

Yo gruñí muy fuerte. Porque ¿qué clase de opción es esa?

Caminé hasta su escritorio dando pisotones y agarré la nota.

La metí enojada en mi mochila.

Me senté en mi silla.

Y volví a escribir en mi diario.

¡EL SR. SUSTO ES UN CHISMOSO!

5

■ ■ ■ ■ ■ ■ ■ ■ ■

La nota

Esa noche, durante la cena, no podía tragar la albóndiga. Porque ¿cómo vas a tragar una albóndiga cuando tienes una nota del maestro en el bolsillo?

Mamá no dejaba de mirar mi plato.

—¿Qué te ocurre, mi amor? —preguntó—. Si te encantan las albóndigas.

Agarré mi tenedor muy despacio.

Después lo volví a poner en la mesa.

—¿Te ocurre algo, Junie B.? —preguntó papá—. ¿Estás enferma?

Me bajé de la silla y me quedé de pie cerca de la mesa.

Entonces bajé la cabeza. Y muy despacio, saqué la nota de mi bolsillo.

—Hoy hice algo malo en la escuela —dije muy triste—. Y les tengo que dar una cosa.

Después puse la nota encima de la mesa muy rápido.

¡Y salí corriendo a mi cuarto!

Luego di un portazo.

Y empecé a correr en círculos. Porque en realidad no tenía un plan. Pues por eso.

Todos mis animales de peluche me miraron sorprendidos.

—¿Qué te pasa, Junie B.? —dijo mi muñeca de trapo que se llama Ruth—. ¿Te metiste en un lío?

—Por supuesto que se metió en un

lío —dijo mi muñeco de trapo que se llama Larry—. ¿No lo ves? Seguro que papá y mamá entrarán aquí en cualquier momento.

Mi elefante que se llama Felipe Juan Bob pensó muy rápido.

—¡Escóndete, Junie B.! —me dijo—. Escóndete en el armario hasta que se calmen las cosas.

Asentí al oír aquella idea tan buena.

Los elefantes son los muñecos de peluche más inteligentes que hay.

Después de eso, lo agarré muy rápido por una pata. Y nos metimos corriendo en el armario.

Trepamos por los zapatos y los juegos de mesa y nos quedamos apretujados en una esquina.

Al poco rato, oímos a papá y a mamá entrar en mi habitación.

Nuestros corazones empezaron a latir muy fuerte.

Entonces tratamos de apretujarnos más. Pero peor para nosotros porque

Felipe Juan Bob empujó sin querer una caja de zapatos. Y al caer hizo un ruido enorme.

Mamá y papá abrieron la puerta del armario.

Yo los saludé muy amable.

—Hola. ¿Qué tal? —dije.

Felipe Juan Bob levantó los brazos.

—Los quiero mucho —dijo.

Papá movió la cabeza.

Entonces entró en el armario. Y nos sacó de allí.

Nos sentó a mí y a Felipe Juan Bob en la cama.

Mamá se sentó a nuestro lado.

—No tenías que esconderte de nosotros, Junie B. —dijo—. Papá y yo solo venimos a hablar de esto.

Me tiré hacia atrás en la cama. Y me puse la almohada encima de la cara.

—Ya, solo que yo ya he hablado de esto, mamá —dije con la voz medio apagada—. Yo y el Sr. Susto hablamos de esto *tropecientas* horas.

Mamá me quitó la almohada de la cabeza.

—Ya, seguro que sí —dijo—. Pero papá y yo también tenemos que hablar contigo, Junie B. Copiar es algo muy serio, mi amor.

Papá asintió.

—Hacer trampas está mal —dijo—. Queremos estar seguros de que lo entiendes.

Yo tomé aire con fuerza.

—Lo que pasa es que ya lo he entendido —dije—. A mí ni siquiera me gustan los tramposos.

Pensé durante un minuto. Y de repente, me acordé del juego de cartas.

Me senté rápidamente.

—Y además, si crees que hacer trampas está mal, ¿por qué las haces tú? —dije—. ¿Eh, papá? ¿Por qué?

Papá me miró sorprendido.

—¿Qué? —dijo—. ¿De qué hablas? Yo no hago trampas.

—Sí, sí haces trampas —le contesté—. Porque la semana pasada me hiciste trampas jugando a las cartas. Y yo todavía no me he olvidado de esa experiencia tan horrible.

—Junie B., eso no es verdad —dijo papá—. Ya te lo expliqué, ¿recuerdas? Tú querías que yo agarrara tu carta mala y yo agarré otra cuando me di cuenta de lo que estabas haciendo.

—Sí, ya, pero eso no fue divertido —dije—. Porque si tú no agarrabas esa carta yo iba a perder. Y además te reíste y parecía que la ibas a agarrar y luego agarraste otra. ¿Y qué truco es ese?

Papá levantó los ojos hasta el techo. Luego movió la cabeza un poco enojado. Y salió de mi cuarto.

Mamá me sonrió.

—Lo siento, mi amor —dijo—, pero me parece que papá tiene razón. Lo que hizo fue una broma, pero no hizo trampa. Cuando se juega a las cartas, se pueden hacer bromas.

Después de eso, mamá fue a preparar la tina para mi baño.

Yo y Felipe Juan Bob nos volvimos a tapar con la almohada.

Y suspiré.

Porque por lo visto, los mayores nunca hacen nada malo.

Ni siquiera cuando lo hacen.

6

■ ■ ■ ■ ■ ■ ■ ■ ■

Cuintento

A la mañana siguiente, me senté al lado de Herb en el autobús. Me siento al lado de él todos los días. Porque eso es lo que hacen los *supermejores* amigos automáticamente.

Herb empezó a hablar de su perro nuevo, Dilly. Pero yo no podía prestar mucha atención. Porque ¿cómo vas a poder hablar de Dilly cuando tienes una nota de tu maestro en el bolsillo?

Mamá y papá habían firmado la

cosa esa tonta. Y ahora se la tenía que devolver al Sr. Susto.

Me tiré en mi asiento. Estos días la escuela no estaba muy divertida.

Miré a Herb.

Quería hablar con él de mi problema. ¿Pero qué pasaría si no le caían bien los tramposos? ¿Y si descubría que yo lo era? ¿Y si entonces yo no le caía bien a él tampoco?

Pensé y *requetepensé*.

Al final, tomé aire y decidí arriesgarme.

Me acerqué a su oreja. Y se lo susurré en secreto.

—Bueno. Esto es lo que pasa, Herb —dije—. Me metí en un lío pequeñito en la escuela, pero en realidad no soy tan mala. Te lo prometo. Es que ayer hice algo malo sin querer, pero no te quiero decir lo que fue... porque si no, yo ya no te caería bien.

Herb me miró y levantó los hombros.

—Copiaste la tarea de May cuando fue a la oficina —dijo.

Me quedé sin respiración.

Porque ¿cómo sabía esa información privada?

Me rasqué la cabeza.

—Pero... pero... ¿cómo...?

Herb me interrumpió.

—Te vi —dijo—. Lennie y Pierre también te vieron. No sabes disimular, Junie B. Lo haces realmente mal.

Fruncí un poco el ceño.

Creo que eso no era un piropo.

Herb me dio palmaditas en el brazo.

—No te preocupes. Todavía nos caes bien —dijo—. Pero no vuelvas a copiar la tarea de May. Y así no te volverás a meter en líos.

Yo asentí con la cabeza.

Luego le di palmaditas a él.

Este Herb es bueno conmigo. Creo.

Yo y Herb fuimos juntos hasta el Salón Uno.

¡Y nos quedamos paralizados!

¡Porque yupi yupi yei!

¡Todo el salón de clases estaba muy cambiado! ¡De verdad!

Los escritorios no estaban en filas, ¡estaban en círculos!

Miramos al fondo del salón, donde nos sentamos. Había cinco escritorios en un círculo.

May ya estaba sentada en su sitio.

Estaba limpiando su mesa con una toallita húmeda.

Justo entonces, Lennie y Pierre entraron detrás de nosotros.

—¡Guau! —dijo Lennie.

—¿Qué pasa aquí? —dijo Pierre.

El Sr. Susto nos dijo que, por favor, buscáramos nuestros escritorios y que explicaría todo en un minuto.

Todos nos fuimos a la parte de atrás y nos sentamos.

Cuando te sientas en un círculo te sientes más alegre.

Nos saludamos con la mano.

Todos menos May.

Nos miró un poco gruñona.

—Yo ya sé por qué nos sentamos así —dijo—. Yo fui la primera en llegar esta mañana. Y cuando eres la primera, te enteras de cosas.

Pierre se quedó mirando a May con su toallita húmeda. Hizo un gesto para decir que estaba loca.

Entonces, el Sr. Susto fue al pizarrón y escribió una palabra muy rara.

—Niñas y niños, esta mañana vamos a hacer un proyecto de poesía —dijo—. Por eso he colocado sus escritorios así. Quiero que digan lo que piensan y que compartan ideas.

Señaló la palabra rara.

Decía: q-u-i-n-t-e-t-o.

—¿Alguien quiere leer esta palabra? —dijo—. ¿Alguien quiere probar?

May saltó de su asiento.

—¡*Cuintento*! —gritó—. ¡Se lee *cuintento*!

Sonrió muy contenta.

—Sé que es *cuintento* porque me lo dijo esta mañana, ¿se acuerda? Yo fui la primera en llegar. Y lo vi escribir la palabra en el pizarrón. Y me dijo que se leía *cuintento*.

El Sr. Susto la miró sorprendido.

—Perdona, May, pero no se lee *cuintento* —dijo—. Seguramente no me oíste bien. Cuando la *u* va después de la *q*, no se pronuncia. Se lee como si fuera una *k*: quinteto.

May se cruzó de brazos.

—No —dijo—. Estoy segura de que

eso no es lo que me dijo. Me dijo que se decía *cuintento*, Sr. Susto. Usted sabe muy bien que fue así.

El Sr. Susto frunció el ceño.

—No, May. No dije eso —dijo—. Y ahora siéntate, por favor.

May se sentó toda enojada. Puso la cabeza encima de su mesa y la escondió debajo de su suéter.

El Sr. Susto volvió a mirar el pizarrón.

—Un quinteto es un poema que tiene cinco líneas —dijo—. Y cada línea tiene su propia norma.

Escribió las cinco normas:

1ª línea: Una palabra (título)
2ª línea: Dos palabras que describan el título

3ª línea: Tres verbos que hablen sobre el título

4ª línea: Una frase que exprese un pensamiento o sentimiento sobre el título

5ª línea: Una palabra que signifique lo mismo que el título

Después, escribió un quinteto para que lo viéramos. Era un poema que se llamaba "Pera".

> *Pera.*
> *Verde, blanca.*
> *Muerdo, mastico, trago.*
> *Me gustan las peras.*
> *Fruta.*

Yo me reí al oír ese poema. Porque ¿a quién se le ocurrió hacer un poema tan tonto con una pera?

—Esto de los quintetos va a ser divertido —dije—. Y además creo que es facilísimo.

El Sr. Susto sonrió.

—Bueno, Junie B., a veces los poemas salen muy fácilmente, pero otras veces no. Pero si hablan con sus compañeros y comparten ideas, seguro que se les ocurrirá algo —dijo.

Miró a su alrededor.

—De hecho, creo que sería más divertido si algunos de ustedes escribieran sus poemas en grupo —dijo.

Al oír aquello, May salió de debajo de su suéter rapidísimo.

Miró a nuestro grupo.

—Muy bien. Yo seré la jefa del grupo —nos dijo.

Después, le puso mala cara al Sr. Susto y sacó su lápiz.

—Además, también sé qué vamos a escribir —dijo un poco gruñona.

Movió las manos delante de nosotros.

—Ustedes cuatro pueden seguir hablando de sus tonterías de siempre y yo escribiré el poema —dijo—. Lo leeré para ustedes cuando haya terminado.

Lennie la miró desilusionado.

—Pero el Sr. Susto dijo que teníamos que escribir el poema juntos, May —dijo.

—*Oui* —dijo Pierre—. Se supone que tenemos que compartir ideas, ¿te acuerdas?

May levantó las manos en el aire.

—¡Lo sabía! —dijo—. Sabía que no podríamos trabajar en equipo. Muy bien. Pues ustedes escriban su poema tonto. Y yo escribiré el mío.

Después, agarró su lápiz y un papel. Y se volvió a esconder debajo de su suéter.

Todos nos miramos y levantamos los hombros. Entonces empezamos a trabajar.

Yo me toqué la barbilla.

—Umm. Aquí dice que la primera línea tiene que ser el título —dije—. Así que a lo mejor lo primero que tenemos que poner es el título.

May me miró de reojo.

—Qué lista —dijo.

Pierre le volvió a cubrir la cabeza con el suéter.

Justo entonces, Herb levantó la mano.

—¡Oigan! ¡Ya sé! —dijo—. Como el Sr. Susto escribió un poema sobre una pera, ¿por qué no escribimos un poema sobre una manzana?

Se echó hacia atrás en su silla y levantó el dedo gordo para decir "está bien".

Pero nadie le respondió.

Porque ¿qué idea tan tonta era esa?

—¿Una manzana?

—No me gustan las manzanas —dijo Pierre.

—Yo una vez me atraganté con una manzana y casi me muero —dijo Lennie.

Herb nos miró ofendido.

Yo le di unos golpecitos en la espalda.

—No te enojes —dije—. Es que a lo mejor podemos escribir sobre algo más divertido que una manzana.

—*Oui* —dijo Pierre—. A lo mejor podemos escribir sobre fútbol. Jugar fútbol es divertido ¿no?

—Sí —dije yo—. Y venir a la escuela en autobús también es divertido, ¿verdad, Herb? Yo y tú siempre la pasamos bien en el autobús, ¿no es verdad?

Lennie movió la cabeza.

—Pero yo no vengo en autobús, Junie B. —dijo—. Creo que tenemos que escribir sobre algo que conozcamos todos.

Pensó un segundo y dio una palmada.

—¡Ya sé! ¡Podemos escribir sobre cómo nos lavamos el cabello con champú para que esté sano y brillante! Todos hacemos eso, ¿no?

Después de eso, yo y Pierre lo miramos y lo volvimos a mirar.

Porque a veces Lennie está en otro mundo.

Al final, Pierre puso la cabeza encima de la mesa.

—A lo mejor estamos pensando en algo demasiado difícil —dijo—. ¿Por qué no pensamos en algo fácil? Por ejemplo, que todos somos amigos o algo así. Y el título puede ser "Amigos".

Herb sonrió un poquito.

—Sí, es una buena idea. También lo podemos llamar "Friends".

Justo entonces, empecé a dar saltitos de alegría. ¡Porque se me acababa de ocurrir el título perfecto! ¡Se me ocurrió así, de repente!

—¡COMPADRES! —dije—. ¡Lo podemos llamar "Compadres"! Porque eso es lo que somos, ¿no? ¡Nosotros cuatro somos los mejores compadres! Y "Compadres" suena muy bien, ¿verdad?

Me quedé mirándolos muy ilusionada.

Entonces, todos mis compadres empezaron a sonreír.

¡Nuestro poema estaba comenzando muy bien!

7

■ ■ ■ ■ ■ ■ ■ ■ ■ ■

Compadres

Nos pasamos casi toda la mañana trabajando en nuestros poemas.

¡Y yupi! ¡El Sr. Susto tenía razón! ¡Al compartir ideas se nos ocurrieron más cosas! ¡Y además, cada uno de nosotros pudo añadir sus propias palabras! ¡Y eso se llama un buen trabajo en equipo!

Cuando terminamos, escribí nuestro poema con letra de imprenta en un papel limpio.

Lennie y Pierre me miraron muy atentamente.

—Escribo muy bien con letra de imprenta —les dije—. Lo hago mejor que nadie.

Al poco rato, todos los otros niños del Salón Uno también terminaron sus poemas.

¿Y sabes qué? Que el Sr. Susto dijo que era hora de leer algunos de los poemas.

Lucille no quiso esperar a que la llamaran.

Salió corriendo a la parte de delante del salón de clases y miró a Camille y Chenille con los ojos chiquititos.

—Yo quería escribir mi poema con las dos niñas de mi grupo —dijo—, pero ellas solo querían hablar de gemelas, gemelas y más gemelas.

Las miró un poco más.

—Pues para que lo sepan, no todo el mundo gira a su alrededor —gruñó.

Después de eso, se esponjó su vestido esponjoso. Y leyó su poema:

Yo.
Lucille, ricachona.
Comprar, gastar, mostrar.
Todos me envidian.
Princesa.

Cuando terminó, el Sr. Susto se sentó durante un segundo.

Luego sonrió y asintió.

—Muy bien, Lucille. Sí. Excelente —dijo—. Ese poema realmente lo dice todo, ¿verdad?

Lucille asintió.

—Sí —dijo—. Así es.

Entonces Lucille les lanzó otra mirada asesina a las gemelas. Y se sentó.

Después de eso, May tampoco quiso esperar a que la llamaran. Salió corriendo a la parte de delante del salón de clases, como Lucille. Y leyó su poema a gritos.

¡Cuintento!
¡Cuintento contento!
¡Yo oigo fenomenal!
¡Y el Sr. Susto dijo cuintento!
¡Sí, sí y sí! ¡Así es!

El Sr. Susto se frotó su barbilla.

—Este..., en fin —dijo—, esa idea para el poema fue realmente interesante, May, pero en realidad no sigue las normas de nuestros quintetos, ¿no?

—Querrá decir *cuintento* —dijo May.

El Sr. Susto suspiró.

Entonces se levantó de su escritorio. Y llevó a May a su asiento.

Después de eso había que leer otro poema.

Los de mi grupo levantamos las manos y las movimos en el aire.

—¡Nosotros tenemos uno muy bueno! —gritó Pierre.

—¡Sí! ¡Buenísimo! —gritó Lennie.

El Sr. Susto asintió.

Y entonces nos pusimos todos de pie. Y nos quedamos juntos, en grupo. Y leímos nuestro poema todos a la vez.

Compadres.
Contentos, felices.
Bromeamos, compartimos, nos divertimos.
Cuatro chicos siempre juntos.
Amigos.

8

Un 10+ para nosotros

¡Un 10+!

¡Sacamos un 10+ en nuestro poema!

El Sr. Susto vino directo a nuestros escritorios.

Y sacó su lápiz rojo.

¡Y escribió un 10+ en la parte de arriba de nuestro poema!

—¡Han escrito un poema maravilloso! —dijo—. ¡Me encanta!

Nosotros saltamos y nos aplaudimos.

Fue la mañana más divertida que he tenido en mi vida.

¡Y eso no es todo! Porque en el recreo también lo pasamos fenomenal. Porque cuando cuatro amigos están de buen humor, la vida es una maravilla, ¡te lo aseguro!

Después del recreo, fui corriendo al Salón Uno porque me moría de ganas de ver cuál iba a ser nuestro próximo trabajo.

Entré dando saltitos y miré el pizarrón.

Y de repente, ¡bum!

Me paré de golpe.

¡Porque en el pizarrón había tres palabras horrorosas!

Decía: ¡EXAMEN DE ORTO-GRAFÍA!

¡Se me había olvidado la tontería esa!

Se suponía que ese examen tonto lo teníamos que haber hecho el viernes, pero lo aplazaron hasta hoy. ¿Y cómo me iba a acordar de eso anoche? Estaba demasiado preocupada por la nota.

Mis piernas estaban débiles y se me doblaban.

Arrastré los pies hasta mi asiento.

Nuestros escritorios estaban otra vez como siempre.

Herb ya estaba sentado. Se dio la vuelta y me miró.

—¿Qué te pasa, Junie B.? —preguntó—. ¿No te sientes bien?

Puse la cabeza en mi escritorio.

—Olvidé que tenía que estudiar las palabras para el examen de ortografía

—dije—. Y ahora me voy a volver a meter en un lío con mamá y papá.

Suspiré.

—Este es el problema con la escuela —dije—. Un minuto estás feliz y contenta y al minuto siguiente se te escapa la alegría del cuerpo.

Herb trató de consolarme.

—No te preocupes. Casi todas las palabras de esta semana son fáciles —dijo.

Se calló durante un segundo y añadió:

—Más o menos.

Volví a sollozar. Porque más o menos no quiere decir seguro.

El Sr. Susto estaba repartiendo papeles en la parte de adelante del salón de clases.

—¿Están todos listos para el examen de ortografía de esta semana? —dijo.

Sonrió.

—Como han tenido cuatro días extra para estudiar, seguro que todos sacarán muy buenas notas, ¿no?

Al oír ese comentario, se me hizo una pelota en el estómago.

Al poco rato, comenzó el examen.

El Sr. Susto pronunció la primera palabra. Y la usó en una frase.

—*Zorro* —dijo—. El zorro corre por el bosque. *Zorro*.

Sonreí un poquito. Porque por supuesto, yo sé cómo se escribe zorro.

Escribí en mi papel con muy buena letra.

zorro

—La siguiente palabra es *voz* —dijo el Sr. Susto—. Yo hablo con la voz. *Voz*.

Me sentí más contenta todavía. ¡Porque, ja, ja! La palabra voz es tan fácil como zorro.

voz

El Sr. Susto sonrió.

—La siguiente palabra es *hacer* —dijo—. Hoy voy a hacer las tareas. *Hacer*.

Justo entonces, dejé de sonreír. Porque a veces me equivoco con esa palabra.

Escribí algunas letras.

haser

Luego las taché. Porque creo que no se escribe así.

Lo volví a intentar.

Aser

~~haser~~

Moví la cabeza. Eso tampoco me parecía bien.

Al final, me tapé la cara y gruñí.

—¡Shhh! —dijo May.

Herb empezó a darse la vuelta para ver lo que estaba pasando, pero paró de repente. Porque cuando estás en un examen no te puedes dar la vuelta.

Volví a mirar lo que había escrito. Luego me estrujé el cerebro para recordar cómo se escribía, pero no me vino nada a la cabeza.

Luego volví a gruñir.

¡Y fue entonces cuando sucedió un milagro!

¡Mi amigo Herbert acudió a mi rescate!

Primero se echó a un lado un poqui-
tito. Luego puso su papel donde yo lo
podía ver. Y señaló la palabra con
el dedo.

A mí se me abrió la boca hasta atrás
cuando vi aquel gesto tan maravilloso.

¡Porque yo ni siquiera le había

pedido que lo hiciera! Herb me dio la palabra, así, sin más.

¡Como un regalo!

Estiré el cuello para poder ver mejor.

¡Y ay, ay, ay! En cuanto vi la palabra ¡se me iluminó el cerebro! ¡Porque recordé la letra *c* perfectamente!

~~aser~~ hacer

~~haser~~

¡Justo a tiempo!

El Sr. Susto ya estaba diciendo la siguiente palabra.

—*Copiar* —dijo—. No debes copiar de los demás. *Copiar.*

Justo entonces, me quedé congelada en mi asiento. Y tragué saliva. Porque pensé que me había visto copiar.

¡Pero no lo vas a creer! ¡Me equivoqué!

Porque no vio cuando copié. ¡No me vio! Y además, lo que había hecho esta vez no estaba mal. Creo. Porque Herb *compartió* la palabra conmigo. Igual que compartimos las palabras del poema.

Lancé un suspiró. Y escribí *copiar* en mi papel.

Después de eso, hice el resto del examen perfectamente.

Y borré de mi cerebro todo lo que había pasado.

Más o menos.

9

Consulta con la almohada

Aquella noche, yo y Felipe Juan Bob no dormimos muy bien.

Dimos un montón de vueltas en la cama.

Además, Felipe Juan Bob habló un poquito mientras estaba dormido. Porque le oí decir la palabra "tramposa".

Lo desperté cuando oí eso. Entonces, los dos bebimos un poco de agua. Y hablamos del problema.

A la mañana siguiente teníamos los ojos gordos y cansados.

¿Y sabes qué? Que no éramos los
únicos que estábamos así. Porque
cuando mi amigo Herb se subió al autobús, sus ojos también estaban gordos y
cansados.

Herb se tiró en el asiento al lado del mío. Y bostezó.

—Anoche no dormí muy bien —dijo muy cansado.

Yo asentí.

—Yo tampoco. Anoche tampoco dormí nada bien —dije.

Herb se quedó sentado un minuto. Luego suspiró.

—Ya, lo que pasa es que ni siquiera te quiero decir por qué no dormí bien anoche —dijo—. Porque a lo mejor te enojas conmigo.

Yo levanté las cejas al oír eso.

—¿Cómo?

Herb se retorció en su asiento muy incómodo. Luego bajó la voz.

—Tiene que ver con el examen de ortografía —susurró.

Pensé un poco.

—Ay —dije—. Ya. Supongo que no te di las gracias, ¿no?

Le di palmaditas en el brazo.

—Gracias, Herb —dije—. Porque gracias a ti, siempre voy a recordar cómo se escribe la palabra "hacer".

Los hombros de Herb se encogieron muy tristes.

—Sí, pero... ese es el problema, Junie B. —dijo—. Por eso no pude dormir bien anoche. Porque, perdona, pero no me siento bien por haberte ayudado.

Se retorció un poco más.

—Es que en aquel momento, pensé que estaba bien. Pero en cuanto te dejé ver mi examen, no me sentí nada bien. Me sentí como si... ya sabes, como si fuera un...

Me senté muy rápido en mi asiento y lo interrumpí.

—¡Un tramposo! —dije—. Te sentiste como un tramposo. ¿No es verdad, Herb? ¿No es verdad? Porque al principio pensaste que sería bueno compartir la palabra conmigo, pero en cuanto lo hiciste, te sentiste mal por dentro.

Herb me miró sorprendido.

—Sí, así es, pero ¿tú cómo lo sabes?

—Porque sí, Herb. Porque sí —dije—. ¿Te has olvidado con quién estás hablando? Yo soy una tramposa, ¿te acuerdas? ¡Así que sé exactamente como te sientes!

Moví la cabeza.

—No lo puedo creer, Herb. No puedo creer que lo he hecho dos días seguidos —dije—. Porque el lunes copié la tarea de May. Y ayer copié de tu examen de ortografía. Solo que al principio creía que tú y yo solo estábamos compartiendo.

Herb asintió un poco triste.

—Sí, pero no es así, ¿verdad? —dijo.

—No —contesté—. No estábamos compartiendo, Herbert. Porque compartir en un examen de ortografía es hacer trampas.

Herb cerró los ojos al oír aquella palabra.

Yo le di palmaditas.

—Sé cómo te sientes, compadre —dije—. La palabra "trampa" hace que te sientas como una persona desagradable de la que nadie se puede fiar.

Herb asintió. Luego sonrió un poquito.

—Tú sabes decir las cosas de una forma muy bonita —dijo.

Yo me encogí de hombros.

—En realidad, al que se le ocurrió eso fue a Felipe Juan Bob.

Después de eso, yo y Herb estuvimos callados el resto del viaje en autobús.

Creo que los dos nos sentíamos mejor.

Nos acusamos a nosotros mismos durante el recreo.

Yo y Herbert.

Los dos.

Juntos.

Después del almuerzo fuimos al Salón Uno. Y le dijimos al Sr. Susto que habíamos hecho trampa en el examen de ortografía.

Herb le contó que me había oído comentar que estaba preocupada antes del examen. Y que no quería que me volviera a meter en líos con mi mamá y mi papá. Y entonces me enseñó la palabra para que yo quedara bien.

Después yo le conté que Herb había hecho una cosa muy buena por mí, pero que cuando lo hicimos, los dos supimos que estaba mal. Y por eso nunca jamás de los jamases lo íbamos a volver a hacer. De verdad.

El Sr. Susto nos escuchó muy atento.

Luego nos dio las gracias por nuestra sinceridad. Y dijo que admiraba mucho el hecho de que le hubiéramos contado lo que habíamos hecho.

Después de eso, sacó nuestros exámenes. Y nos puso dos ceros enormes en la parte de arriba. Porque parece que aunque alguien te admire mucho, todavía te puede poner un cero.

Pero aquí no se acaba la historia.

Porque esa noche, cuando estaba cenando, el Sr. Susto llamó a mi casa. Y se lo chismeó todo a mi mamá por teléfono.

Primero, mamá frunció mucho el ceño.

Luego yo y ella y papá volvimos a hablar sobre las trampas. Y me gritaron un poquito.

Pero después, cuando me acostaron, me dijeron que estaban orgullosos de mí y de Herb por decir lo que habíamos hecho. Y todos terminamos abrazándonos.

Aquella noche, Felipe Juan Bob y yo dormimos muy bien.

Solo que todavía falta lo mejor de todo.

Cuando yo y Herb llegamos a la escuela al día siguiente, el Sr. Susto nos llamó a su escritorio. ¡Y nos dio a cada uno un poema que él mismo había escrito!

Yo quise leer el mío, pero no sabía

leer todas las palabras. Entonces, el Sr. Susto me lo leyó.

Cuando terminó, sonreí orgullosa.

Luego lo volví a leer una vez más. En voz baja.

Junie (B.)
Simpática, inquieta.
Salta, brinca, aprende.
¡Tu HONESTIDAD es genial!
Confiable.

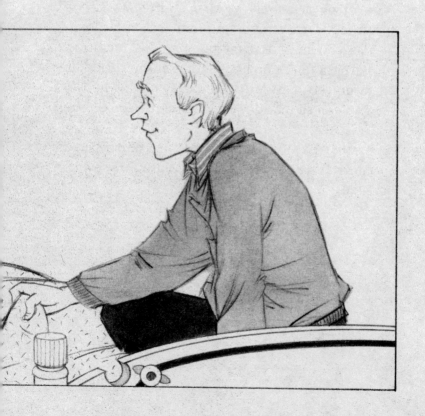

BARBARA PARK es una de las autoras más divertidas y famosas de estos tiempos. Sus novelas para secundaria, como *Skinnybones* (Huesos delgados), *The Kid in the Red Jacket* (El chico de la chaqueta roja), *My Mother Got Married (And Other Disasters)* (Mi madre se ha casado y otros desastres) y *Mick Harte Was Here* (Mick Harte estuvo aquí) han sido galardonadas con más de cuarenta premios literarios. Barbara tiene una licenciatura en educación de la universidad de Alabama. Tiene dos hijos y vive con su marido, Richard, en Arizona.

DENISE BRUNKUS ha ilustrado más de cincuenta libros. Vive en Nueva Jersey con su esposo y su hija.